KB276236

꽃처럼 나무처럼 살며 사랑하며

유희봉

신세림

꽃처럼 나무처럼 살며 사랑하며

유희봉

自序

　물은 낮은 데로 흐르면서 모든 생물을 생성토록 하며 마지막엔 바다로 나아가 하늘로 오르듯이, 꽃과 나무에 대한 작은 물방울 같은 진실들이 모여 300여 편에 이르는 연작시로 다시 태어났다. 그 가운데에 약 70여 편을 여기 한 권의 시집 속에 먼저 묶어놓지만 늘 직장에 매인 몸이라 시간에 쫓기었고 여러모로 부족한 나의 욕심이 아닐까하는 생각도 든다.

　그동안 산과 들에 나가서 직접 만져도 보고, 향기도 맡아보고, 식물도감도 살펴보면서 나름대로 꽃과 나무들에 친숙해지려 노력해왔다. 그러면서 동시에 나 자신을 들여다보고, 어려운 이웃들도 돌아다보았으며, 진정한 삶의 의미를 생각해 왔음도 사실이다. 이 점에 대해서만큼은 큰 보람으로 여기며 내가 자연을 가까이하려는 의도와도 무관하지가 않다.

　나는 이 시집을 출간한 후에도 계속해서 자연에 대한 관심과 사랑으로 머물고 싶으며, 나의 문학세계도

自序

그것으로써 가득 채우고 싶다. 그것만이 내 삶의 의미
이자 동시대를 함께 살아가는 이웃에 대한 사랑을 실
천하는 일에 시작이 될 것이며. 분단된 조국평화의 염
원의 불씨가 될 것이다.

  그동안 나의 시세계에 대해서 관심을 가져준 독자
여러분께 감사를 드리며, 작품해설을 써주신 강길용
선생님께도 감사를 드리고 싶다. 아울러, 예쁘게 시집
을 꾸며주신 '신세림'출판사 여러분과 가까운 문우들,
아름다운 지구별에서 작은 초가집 주인이 되도록 도와
주신 하나님께 영광을 드리고 싶다.

2003년 8월 관악산 아래에서
유 희 봉 씀

차례

꽃처럼 나무처럼 살며 사랑하며

·유·희·봉·시·집·

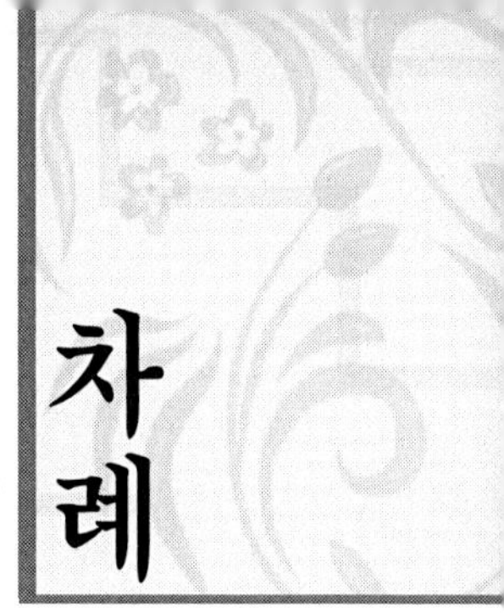

꽃처럼 나무처럼 살며 사랑하며

·유·희·봉·시·집·

차례

제2부 꽃의 숨결과 더불어 사는 것

꽃처럼 나무처럼 살며 사랑하며

·유·희·봉·시·집·

제3부 숲 속에 잔잔해진 영혼의 노래

꽃처럼 나무처럼 살며 사랑하며

·유·희·봉·시·집·

꽃처럼 나무처럼 살며 사랑하며

1부

보일 듯 말 듯 벼꽃같이

유도화

꽃향기를 찾아든 벌 나비
독즙에 숨죽이고 떠나간 자리
굳어진 바위 말 없는 호수만이
평화롭고 편안함을 주었던
유사 이전의 삶을 말해준다

진동하려는 침묵의 바다
깊고 깊은 잠 깨어날 때
수평선 저 멀리 한 점
뱃머리 위에 타오르는 심장
복숭아꽃을 닮은 유도화

저 베스비오 화산같이
폼페이를 멸망시킨 용암인 듯
얼마나 타오르는 가슴이기에
한 여름인데도 끄떡 없이
제주공항 가로수로 휘영청 피어

마음을 다스릴 수가 없었으니
귀를 자르다 목숨을 던진

생명의 혼 고호의 절규처럼
선혈의 핏빛으로 예언하는
요한계시록의 꽃이여

석곡란

일어나 허둥대는 출근길
전철을 타고 택시를 바꿔 잡아
숨차게 사무실에 도착하여
책상 서랍 안을 열어보니

비껴갈 수 없는 어제의 인연
멈출 수 없는 오늘의 할 일이
혈압계에서 올라가는 눈금처럼
가쁜 고갯길에 숨이 차다

곳곳에서 손을 잡아끄는
꿈은 언제나 저만치 손짓하며
가련함에 뒤섞이는 우수여
더 이상 슬플 수 없기에

허울 좋은 잎을 버리면서
결코 헤어질 수 없는 우리 사이
바위틈 고목 틈새 돋아나는
굵은 뿌리 곧게 자란 꽃대

마디마디 피는 백색 다홍색
향기 뿜는 석곡난처럼 손을 잡고
추억으로써 과거를 희망으로
미래를 껴안고 살고 싶다

대나무꽃

대쪽같이 내내 푸르고
속이 텅 빈 줄기 곧게 자라
산죽 오죽 가구를 만들며
선비의 정신을 이어받은
눈꽃송이 날리던 대숲

왕대밭에 왕대 나고
시누대 밭에 시누대 나니
대밭을 잘 가꾸라는 할머님 모습
추억을 간직한 흑백사진 한 장뿐
모두 떠나버린 초가 마을

모진 시련에 굴복하지 않고
불평 없이 괴로움을 겪으며
우후죽순처럼 솟는 푸른 빛
보일 듯 말 듯 벼꽃같이
젖어드는 따사로운 숨결

뿌리로 연연히 이어가며
죽순은 식용하고 잎은 진정 진해

만 가지 파란을 잠잠케 하는
대금 퉁소 피리 소리……
양악기가 어찌 넘볼 수 있으랴

찔레꽃

피는 삼투압현상에 빨려가고
처음 만나본 그 여인의 몸에서는
한 여름날 찔레꽃처럼
짙은 유황냄새가 불을 당겼다

깎아지른 절벽 한 치 옆 비껴서면
그대로 녹아버릴 뼈 한 줌
흐르는 유황천 온천장
호기심을 자극하는 상인들 손짓

통째로 삶아지는 새알들
의식의 흐름이 막혀버린 몸체
벗겨지는 껍질 옷자락 따라
목마름에 구름보다 가벼운 물

하늘은 맑고 땅은 어두운데
눈빛 뜨거운 그녀의 불길은
내 손등으로 타올라 살 속에
남아도는 한 방울의 물

잿더미처럼 사그라진 근육
아직도 감도는 그녀의 열기운에
형태가 정해져있지 않는 물과 불
천국에서는 불이 곧 물이라고 하네

민들레

밭 두렁 소로길 섶 한 송이 민들레가
고요히 눈을 감고 외롭게 피어났네

나그네 꿈을 찾아 홀로 걸어온 길
하늘은 바다처럼 푸르고 맑은데도

우산을 받쳐들고 내 팔을 뿌리치며
정녕코 바람 따라 떠나야 하는가요

산 속의 소로길 섶 한 송이 민들레가
고요히 눈을 감고 생각에 잠기었네

바람에 부름 받아 구름의 몸짓으로
산 속 길 탁발스님 가진 짐 다 버리고

지는 해 가는 길에 바위틈 사이에서
민들레 홀씨 하나 하늘을 여는구나

원추리꽃

유혹의 함정이 도사린 도로
노련한 운전자도 바짝 긴장하는
가파른 언덕길을 지나며
꿈은 절정을 이루며 눈을 뜬다

어제 활활 불타 오르다
떠나가는 기쁨과 슬픔을,
몸 안에 가두어둔 모든 생각을
몸짓을 통해 떨쳐버린 후

안개로 띠를 두른 채 춤을 추자
노고단 돌계단에 걸터앉아
나는 쓸쓸함과 두려움으로
잠시 정적의 바다에 빠졌다

잔뜩 낀 운무가 떠나간 자리
유유히 흘러가는 섬진강
평화롭게 펼쳐진 구례벌판
포근하게 드러난 산자락

하늘 끝 신단으로 오르는 길목
온갖 풍상을 다 겪으면서
임은 다홍색으로 옷을 갈아입고
진솔한 삶의 질감을 풍긴다

백목련

떨리고 음산한 겨울이 지난
어느 봄날 휴일 아침
우연히 마주친 정갈한 중년 여인
하얀 저고리 옷깃 사이

비칠 듯 말 듯 양단 같은 살결
눈망울 하나 둘 익어갈 때
만남이 거듭될수록
나의 기다림은 시작되어

보는 것으로 만족하는 가슴 떨림
오래 전에 굳어버린 나의 피
완벽한 그녀의 아름다움에
잔잔한 햇빛 물결이 친다

살며시 만져 본 그 여인의 옷
정전기가 흘러나와
차마 손길 닿을 수 없어
가득 솟아오르는 그리움의 정

말 한 마디 못하고 떠나버린
텅 빈 뜰에 피던 하얀 목련꽃
떨어진 한 송이 꽃잎을 들고
가슴에 한 파문이 인다

# 박꽃

숨을 다해 가는 등잔불빛
흐느끼는 여인의 어깨선을 따라
멀리 울려 퍼지는 다듬이 소리
새로이 덮인 초가의 지붕
달이 휘영청 밝았는데

문풍지를 손찌검하는 바람
작은 틈새 치맛자락 끄는 소리
서늘한 살갗으로 와 닿고
그 누른 침실에 군데군데 조는 듯
번져 누웠던 하얀 박꽃

달빛 박꽃에 눈이 부셔라
밤이슬을 피하지 못한 고양이
초승달 눈매를 하고 흙 묻은 자국
얼룩진 상처 시간을 잊은 채
밤 누에 뽕잎 먹는 소리

처마의 박순마다 잘라내
손가락질을 받던 손자에게

박꽃은 손으로 꺾어 보기보다는
마음의 눈으로 보다가
생명의 꽃이라며 훔치시던 눈물

박속을 무쳐먹던 바가지
항시 잡곡뿐인데 남들은 초근목피
조상 님께 감사하라는 할머님
배고파 봐야 남의 처지도 안다며
누구의 꿈도 빼앗지 말라는 박꽃

주목

수 백 년 세월 견디느라
쨍쨍 쪼이는 햇빛
껍질이 붉은 빛을 띠고
속살도 유난히 붉어 주목인가

그대는 더 많은 양지를 찾아
주위의 다른 나무보다
저 높은 자리를 위해
발버둥을 치는 것이 아니라

느긋하게 아주 천천히
속이 빈 아름드리 몸통
그늘에서 세상을 굽어보며
유유자적한 삶을 이어간다

어느 가지는 뼈만 남긴 채
온갖 상처자국 어루만지는
어느 가지는 파랗게 살아
붉은 열매로 산새를 부른다

우뚝 선 의연한 자태
눈보라 드센 곳 유연하게
인고의 세월을 참아온 그대
오늘 최후의 승자가 되어

지나온 삶의 갑갑한 역정
느린 가락으로 노래하는 진녹색 잎
붉은 줄기와 어울린 열매
산의 정상에 터를 잡고 있다

해바라기

새벽 아침 동쪽에서 숫아나
한낮 하늘 위쪽을 쳐다보며

저녁 무렵 서편으로 기우는
해를 따라 한길로 생활하던

해바라기 씨앗 같은 사람
한 송이 꽃을 피울 수 없어

일편단심 까맣게 타오를 때
더위를 극복하는 끈기로

커다란 해시계를 매단 채
꼿꼿이 서있는 해님의 꽃처럼

가슴으로 정을 주고받으며
의지를 불태우던 의리의 사람

모두가 바람 부는 쪽으로
고개를 돌리려고 애를 태우지만

그대만은 하나의 뜻을 세우고
어두운 세상 불 밝히고 있다

고란초

땅 끝을 모르는 가는 뿌리
꿈을 쌓는 바위틈 낭떠러지
방향을 잃어본 적 없는 심마니도
이처럼 살아보지 않았으리

홀씨 하나 잎을 꽃처럼 피우며
조롱바가지 위에 뜨는 잎 술
가슴 적시는 약수터 물 한 모금
빛나는 별빛 눈동자를 따라

말 없는 대화 속에 늘 푸르게
미움의 발길로부터 빠져나와
변함없이 굽어보는 고란초처럼
찬바람 눈물 속 좌절하지 않고

허망한 이름의 매듭을 풀어
영원히 잊지 못할 좋은 만남
형상으로 아로새겨진 한 줄의 詩
무한으로 내닫는 첫 발자국

유일한 생물이 된 듯 돌아온
철새들이 내려앉은 백마강 줄기같이
마음의 평정을 유지하여
끈질긴 생명력으로 살고 싶다

팽나무

홀로 서있는 천하장승
단숨에 통막걸리를 들이키고
늦봄에 속 태우는 연한 황색꽃
파릇파릇 팥알만한 열매

단단한 핵 주위에 파란 육질
혀끝에서 달콤하게 익으면서
메케한 모깃불이 타던 마당가
배고픈 옛 시골마을 간식거리

목이 쉰 찹쌀 강아지 빙빙 돌며
두견주 한 잔에 귀촉도 울음소리
팽총에서 날아간 팽열매처럼
다 떠나버린 적막한 팽나무의 꿈

상쇠 징소리 울리던 마을 복판
동네 길 훤히 모닥불 피어올라
황홀하게 흔들어 돌던 상모고깔
우리를 지켜주던 업구렁이

무너진 집터 휑하니 뚫린 고샅길
수 백 년을 지키는 팽나무 한 그루
해변가 소금바람이 부는대도
끄떡없이 고운 살결로 살아간다

설유화

별들이 몇 쌍 사라지더니
뒷뜰 장독대 풀벌레 소리
점점 허리를 낮추며
바람에 흔들리는 나뭇가지
밤하늘 달빛을 쓸어모은다

하나 둘 옷깃을 여미자
우주의 숨소리가 음계를 따라
그 옛날 초등학교 여 선생님
풍금소리처럼 선명해지며
서쪽으로 달려가는 하얀 안개

다음 자리를 마련하여
달빛은 뒤안길로 사라지자
좁쌀 튀김 같은 백색꽃
눈송이로 허기를 채우던
눈꽃이 지천으로 피어났다

흰 살을 드러낸 산허리
조상들의 혼이 깃든 산골

기름진 음식 아직 부족해서일까
나는 무거운 몸뚱이를 이끌고
산 속을 홀로 헤매고 있을 때

무명 베옷 하나 걸치고도
훈훈한 체온 욕심이 없었는데
날마다 육물 해물로 이삼 차
배고플 때 영혼은 날개를 단
밥테기꽃은 바라만 봐도 배 부르다

수선화

잔설이 남아있는 산등성이
수목이 우거진 산골짜기
나부끼는 백색 물결 따라
머리를 흔들다 춤을 추며

차디찬 의지의 날개로
외로움을 모질게 견디면서
여울목을 돌아오는 길목
줄지어 피어나는 부활의 축제

살짝 수줍은 소녀같이
꽃대 위에 아련히 그리워지는
슬픔에 울다 지치면 나는
헛된 생각에 깊이 잠겨

허망한 꿈도 가져보지만
어머님은 가슴으로 울고
흠뻑 취하게 하던 백색향기
나는 만나 볼 수 없어도

넓은 달걀 모양의 비늘줄기
녹색빛에 흰색을 띤 그리움의 멍울
향유를 만들어 풍을 제거하며
생사를 넘나드는 나의 슬픈 연가

메꽃

갓땋아 올린 앞 머리카락
쑥대머리 줄기를 휘어잡으며
앞머리에 찌른 꽃빗처럼
꿈이 새겨진 화살촉잎
가슴에 박히는 저녁노을

송이송이 인정이 피고 있던
강이 시작되는 마을의 들녘
못다이룬 나의 슬픈 소원
달콤한 연분홍빛 술잔속에
비로소 그리움을 알았으니

산야에 핀 한 송이 꽃
정답게 건네주던 하얀 손
황혼이 우리를 이별했던 곳
언젠가 모시적삼 걸친 여인
들일 하는 모습 보일 듯도 한데

슬픔은 샘물같이 솟아나며
꿈처럼 피다 열매도 맺지 못하고

뜬구름인 듯 채색되어
떠오르다 사라진 무지개빛
내 외로운 첫사랑의 아픔

넝쿨장미

한순간의 방심도 허용치 않는
민첩하지 못한 장마철 운전
가시철망 앞세우고
한 평도 안 된 공간에
눈먼 손으로 만져본 사랑

가시밭을 일구어 오면서
피로가 밀려온 가운데
전방시야 부딪치는 얼굴
차창문을 열고 성난 손짓
가슴에 품은 장미꽃 한 다발
꽃 한 송이 건네주자

붉은 꽃송이로 단장한
비극의 땅 아우슈비츠
장미꽃 화단 통곡의 아픔같이
책임 없는 사죄는 은폐의 합의
맹세는 믿을 수 없다지만

꽃이 주는 아름다움뿐 아니라

가시의 아픔까지 감수하는
넝쿨 장미꽃처럼 상처를 잊고
한 마리 벌인 듯 날 쏘아
열병을 앓고 있는 사랑의 꽃

군자란

향기를 피우기까지
반투명의 베란다에 창살 무늬
흉터 하나 없는 잎줄기
고난 속에 참아온 나날

직사광선은 피하되
어두운 곳은 멀리 반 그늘에
청초한 주황색 향기를 뿜어
구겨지거나 때묻은 곳 없이

비록 가난해도 책을 벗삼아
구차하게 살지 않고
함께 선한 길을 걸으며
한 몸이 되어 부풀던 꿈

너그럽게 살고 싶었지만
함부로 내뱉는 말 상처뿐이니
고달프고 초조해진 행실
어디서 도리를 배우고 익힐까

낮은 사람에게도
미덤을 볼 수 있기 때문에
높고 낮은 양자 줄을 긋지 않고
조화를 이룬 군자란을 닮고 싶다

2부

꽃의 숨결과 더불어 사는 것

 부추꽃

바람이 일렁이는 텃밭 모퉁이
소란스럽지도 눈에 잘 띄지도 않게
쌀튀밥처럼 흰 꽃이 도란도란
제 분수를 지키며 살고 있다

타오르는 것은 허공으로 보내고
남겨진 흰 재를 솔밭에 뿌린 후
파뿌리 같은 그리움을 심으면
등살에 와 닿는 삶의 무게

저녁햇살로 부추꽃에 내려와
호젓한 솔밭 속에 애정의 손등
식탁에 차려질 부추김치 한 가락
고요한 어둠에 불을 밝힌다

솔밭을 어루만지다 촘촘히 맺힌
새로 돋는 싹을 미리 보듯
어머님의 희생처럼 베어지면서
정을 끊고 살 수 없던 우리 사이

몸뚱이 하나 찬 기운이 스며들어
누구 한 사람 찾아오지 않는
오늘날 간직한 가장 큰 슬픔은
지난 날의 기쁨을 떠올리는 것이다

채송화

어린 채송화처럼 곱디고운 손
녹아들어 눈물도 훔칠 수 없이
꿈에 부푼 과학의 발달로
초래한 체르노빌 방사능 누출

눈비가 되어 내리는 낙진에
아침 꽃봉오리 정오쯤 피다
씨를 만들고 저녁에 사라지는
풀꽃보다 짧고 슬픈 일생

섬광처럼 갈라지는 붉은 줄기
지줄대는 새소리와 더불어
보석을 뿌린 듯 피는 채송화
나는 무엇을 빛으로 남길까

일시에 증오를 터트리면
허파같이 숨쉬는 별 하나의 소원
파편처럼 분해될 살상을 예견하고
평화의 깃발을 들었던 아인슈타인

자연법칙은 절대적이라는
꽃의 숨결과 더불어 사는 것이
참 행복이라는 것을 알고 나니
나의 키가 채송화처럼 작게 느껴졌다

소국

심판을 불러오는 물과 불이
실핏줄을 따라 찬서리밭에서
금빛으로 향기를 피우는 것은
숲 속의 새처럼 날개를 솟구치는
숨쉴 공간이 있었기 때문이니

타인이 힘으로 나를 해칠 때
그 상처를 잊을 수 있어도
호감을 주는 소박한 그대의 자태
개발의 깃발 아래 사라진다면
그 사연을 가슴에 묻을 것입니다

비좁은 들판길에서
자신의 영역만 움켜쥠은
타오르는 욕심 한없는 미움만 남아
다시 한 번 불로 끝날
서로 멸망하는 길이기에

허리를 굽히고 밤의 어둠 속에서
모든 껍질을 털어 버리고

낮은 자를 섬기는 자에게는
위를 쳐다볼 시간도 없이
향기를 잃지 않는 작은 체구

오만하거나 강렬하지 않아
누구에게든 거부감 없이
포근하게 다가서는 소국처럼
일생을 살다간 성 테레사같이
소외 받은 자를 위해 살 수 없을까

안개꽃

진주빛 무늬의 소복 여인
명주실 같은 머리칼을 날리며
싸락눈 내린 꽃바구니 들고
살며시 꿈꾸는 듯 다가왔다

송림과 암벽 사이 배회하는
나그네 몸을 칭칭 감아도는
붉게 물든 손길에 이끌려
아침이슬처럼 발길을 적시면

풍요롭고 화사한 세상 소식
안개같이 한아름 다가오는
물 위에 꽃잎 파문을 일으킬 적
피어나는 순백의 향기

겸허한 기도와 사랑으로
늦은 밤 헤어지는 나에게 진정일까
잡목 틈새 두 팔을 붙들면서
고뇌하는 세상 분노하는 전류

가는 줄기 가지마다 피우는
은은한 서편제 노랫가락 아래
임의 너그러운 품안에서
하얀 미소로 바꿔 놓고 있다

기린초 麒麟草

미동도 없이 움직이는 입술
맹수들의 냄새와 위험을 감지해
파수병으로 알려주는 신호음
연약한 동물의 은인이며

다이아몬드처럼 빛나는 눈빛
양보하는 미덕으로 희생을 감수하고
시비나 싸움을 싫어하는
그 여인을 꼭 닮았구려!

흰색의 선명한 그물 무늬의 옷
기린 꽃처럼 황갈색 고귀한 자태
어미의 젖을 먹을 때만
약간의 소리를 내어 울고

그 슬픈 아픔이 맺힌 눈물
돌부처같이 오직 신실한 공양
행동과 실천만이 삶의 진실임을
몸소 보여준 김정희 선생

친절서비스 전문과정
진솔한 말에는 향기가 있다며
기린 같이 순하디 순한 모습
길고 긴 목 하늘을 바라봅니다

相思花

지난 날을 못 잊는 늙은 거북
도솔천 맑은 물에 몸을 닦으며
뜨겁게 달아오르는 여름날
불 붙는 수천의 오색꽃

소라고동처럼 하늘에 세운 산
바다 안으로 고개를 내밀며
벼랑에서 소리쳐 임을 부를 때
무리 지은 슬픔의 덩어리

천 년이 한 순간인 애절한 소원엔
마애부처도 그리운 임인 듯이
미소 짓고 있는 쪽빛 칠산바다
망각의 바람이 하늘 아래 인종하면서

한 번이라도 만나 볼 수 있을까
바위처럼 뼈를 뒤집어 쓴 후
작설차 한 잔에 떠나 보내는 길
손을 잡고 거북점을 쳤으니

잎 지면 꽃 피고 잎이 나면 꽃이 지니
만날 수 없는 우리들의 애절한 사랑
먼 산 가까운 산 별천지 선운리에
집을 세워 머물거라 임의 목소리

개망초

붉은 흙으로 올린 성터 주위
천 년 주춧돌 흔적은 자취 없고
계란 프라이처럼 흰 꽃잎 노란 꽃술
하나의 포기 한 줄기를 키우며

개살구 개진달래 개보다 못한
사람들이 많아진다는 요즘
복더위 복날에 자리가 없는 사철탕집
발라먹다 버린 뼈무덤

빈 터 허드레 땅에 눈물로 피어
칸나 접시꽃들이 눈빛을 끌 때
발길을 피하고 있는 풀꽃송이
영원한 꽃씨 하나 맺기 위해

서로의 가녀린 어깨를 맞잡은 채
힘겹게 살아가는 서민들같이
꽃밭에는 들어가지 못한 변두리
바람 앞에 흔들리는 개망초

함께 손잡고 걸어가는 이 길이
쓸쓸하지 않는 것은 변두리에서
낮은 목소리 수수한 차림으로 맞아주는
그대 끈질긴 생명력이 있기 때문이다

호박꽃

다른 꽃들과 어울리고 싶어도
무더위 속 귀담아 듣지 않아서
덩굴손을 쭉 펴며 집념을 불태우며
이토록 짙은 초록을 머금고

가끔 벌들이 찾아 올 뿐이지만
초롱등을 손으로 감싸들고는
고향을 떠났다 돌아올 때면
수숫대 위에 잠자리 날개

울타리에 지붕에 언덕배기에
돌보는 이 없어도 움츠림 없이
화려한 거실이나 화단 멀리서
아침을 열고 오는 예배당 종소리

그 순박한 즐거움을 갖고 싶어
자갈밭 탱자나무 울타리
따뜻하게 감싸주는 하늘 끝에서
떨어지며 부르는 종달새 노래

아침이슬에 치마가 젖는 산골
호박잎처럼 폭 넓게 포옹하고
호박줄기같이 인정을 베풀면서
더불어 살아가는 순박한 여인

문주란

이른 봄 새록새록 솟아나는 정
여름내 뜨거운 열정을 달래려고
폭넓은 잎 백설 같은 눈꽃처럼
온 섬을 하얗게 물들이며
은은한 향기 해안까지 풍겨오면

돌밭에 출렁이는 아지랑이 햇살
산빛 어린 초록의 향연장
시오리 같은 머리를 풀어헤친
그 청순하고 청렴한 모습에
그리움이 듬뿍 담겨 찾아오더니

흰털 토끼모양으로 살아가는
모래밭에서 밤톨 크기의 열매
솜처럼 생긴 흰색 씨껍질이
안개 낀 제주공항 가로수로
피어난 유도화 길을 따라서

떠나가는 임의 가슴 아픈 사연
남몰래 돌아선 공항의 이별

북한강 기슭에 하얀 뮤즈클럽
마음 속 사무치는 그리운 사랑
추억의 문주란을 볼 수 있다

매발톱꽃

높디높은 하늘색 눈길로
땅 아래를 응시하며
매발톱꽃이 피어날 때
시시한 싸움은 벌이지 않던
칼날진 발톱 낚시 같은 부리

빙빙 도는 솔개 한 마리
천둥소리 빛의 깃털 속에 숨어
병아리를 순식간에 낚아채며
돌진하는 목이 쉰 어미닭
소용돌이 속으로 뛰어든다

솔개가 하늘을 품고
고산 준령에 살아가던 시절
땅에서 꿈을 쫓고 있던 나는
솔개인듯이 자유를 추구했고
펼쳐보던 한없는 꿈의 날개

산에 살던 향기로운 야생화가
무분별한 외국 관상용 식물로

횃대에 발톱이 묶인 솔개처럼
점차 사라져가니 우리 땅에
솔개도 하늘을 날지 않을 것이다

패랭이꽃

패랭이 모자처럼 빨강 분홍 흰색
함께 피어나 더 아름답듯이
풍년가를 울리며 축원할 때
상모고깔 합심의 함성
눈물과 기쁨을 주던 추억의 꽃

산 속에서 부는 산들바람에
사방 팔방 널리 씨를 퍼트리며
길을 닦기 위해 잘라놓은 산허리
척박한 곳에서도 싹을 틔어
사랑을 담뿍 받는 천 년의 꽃

이제는 인적이 드문 산야에서
한두 포기 명맥을 이어가며
단단한 콘크리트 아스팔트
길에는 잘 보이지 않는
환경오염에는 어쩔 수 없는 꽃

재래식물은 허리를 펴지 못하고
차롓상에도 수입과일이

토종 대신 올라간 것은 오래 전 일
그래도 부침개 김치처럼
안간힘 다 버티는 패랭이꽃

호접란

콘크리트 독을 치고 울안에 갇힌
두절된 회로 흐릿한 발길
비틀거리는 나무숲을 지나
가는 손을 붙들고 몸트림하는데

흐르지 않는 연못에 비단잉어
얼룩얼룩 검은색으로 떠오르자
하루를 마무리하는 석양빛 아래
물빛 같은 담뱃재를 툭툭 털며

그대의 이성과 나의 감성은 결코
서로 만나볼 수 없던 시절
나뭇잎이 말라빠져 시들었듯이
나의 가슴은 잿빛으로 가라앉았네

오랜 시련을 거치고 이제
막 탈바꿈한 나비처럼
새로운 세상으로 날아가기 전
벗어놓은 허물 앞에서

화려하면서도 순수한 모습으로
펼쳐보지 못한 젊은 날의 꿈
주걱같이 넓고 둥그스름한 날개
한여름 뙤약볕 아래 펼쳐 보인다

양지꽃

지혜의 나무를 비비며
손으로 깨트리는 돌과 불로써
다루는 쇠 그 쇳조각으로
쇠스랑을 만들어 양지바른 논밭둑에
노오란 꽃씨를 뿌렸다

강철을 자르지 못하는
부드러운 손을 내밀고
따뜻한 태양을 향해 쳐들자
펼쳐진 손가락 사이에서
불을 당기던 부싯돌

불꽃을 퉁기는 톱니바퀴가
덜컹덜컹 돌기 시작하며
저녁해가 나지막이 떨어질 때
그대가 알려준 눈물겨운
교훈이 가슴에 불타올라

시골 대장간 빨간 풀무에서
사랑의 불꽃을 피우더니

어머니 아버지의 농기구처럼
얼마나 햇빛을 그리워했기에
그 이름이 양지꽃일까

달걀을 거꾸로 세운 원형
가장자리에 둔한 톱니 같은 잎새
시골 농부의 갈라진 손바닥
주머니 쌈지 담뱃대를 꺼내 물 때
담배연기 같은 꽃이 피었다

고구마꽃

시골집 툇마루에서 잎을 따내고
잎자루 껍질을 벗기어
삶거나 말려서 된장찌개 나물
고구마로 끼니를 때우던 가난

생명의 신비로움을 알리려는 듯
기름기 있는 밭에 살 수 없다며
흙 속에 묻어 뿌리 내린 고구마
나팔꽃모양 홍자색으로

황토 흙 척박한 땅에서 태어나
눈물겹게 피어난 고구마꽃처럼
별빛이 반짝이던 팔 월 한더위에도
행복하게 살겠다는 나의 다짐

봉숭아보다 빨리 손톱을 물들이던
푸른 잎새 줄기 마디마디
다정스레 피던 꽃은 볼 수 없고
그 이름 잊은 적 오래 되었는데

화살을 멀리 높게 보내기 위해
활의 등처럼 굽은 어머니의 갈라진 손등
손에 손을 잡고 잎새와 더불어
오순도순 살아가던 숨소리 들린다

배롱나무

흘러간 유물을 건져 올린
충주호 수몰지역 문화재 단지
민치상의 청풍팔경을 찾아드니
객사로 사용하던 응청각

거문고 소리는 들리지 않고
쓸고 닦으며 땀을 흘리는 마루에서
철없는 과일 먹고 자란 철모르는 아이는
신발을 신은 채 달음질 치는데

눈꽃인 양 피다 학같이 날아가는
분수가 구름인 듯 사라지고
소금밭처럼 널린 개망초 속에
산뜻하게 진분홍꽃이 홀로 피어

홍조 띤 짙푸른 녹음 속
스치는 손길에 붉어진 얼굴
매끄러운 살결을 간직하고
간지러움을 타는 간지럼나무

장마와 무더위를 이겨내면서
양지바른 곳에 곱디 고와도
화려한 일생 백일뿐이라며
떠나는 옷소매를 부여잡네

관음송

산을 넘어온 소슬한 그림자
눈물 머금은 별이 하나 둘
경계선을 그으며 돌아온 강물 끝
외로운 섬 안에 집 한 채

그 옛날 족두리 쓰고 신혼의 단꿈
저 기울어지는 달빛 속으로
풍류를 읊던 동강 나루터
감각도 무디어진 오늘밤

청령포 단종 유배지엔
부인 홍씨를 그리워하며 쌓았다는
망향탑 아래 홀로 노송 한 그루
벌 나비가 찾지 않아도

분냄새 분분한 송화가루 날리며
그리움 사무칠 때마다 올라간 관음송
영욕을 한 몸으로 껴안고서
일몰 전 찬란한 햇살 아래

17세에 사약을 내린 숙질 간의 운명
수백 년 소나무의 생명에 비하면
죽인 자의 편에 선 권력이란
얼마나 허무하고 무상한 것이냐

바람꽃

설악산 향로봉 무지개같이
그대를 사모하여 동경하는
점봉산 정상 부근 풀밭 바위틈
굵고 튼튼한 뿌리를 박고
땅 속 깊이 묻어둔 아픔

심장 같은 잎새 하얀 꽃처럼
눈짓만으로 헤어질 수 있는
바람의 딸로 태어나
꿈결과 같은 사랑의 속삭임
가득한 그리움의 정

슬픈 추억을 가슴에서 지우며
소식 몰라 궁금했는데
이 내 맘에 스며 돌아오니
어떤 것도 나의 것이 아닌
근심 걱정 사라지고

가슴 설레는 매혹의 눈짓
그대 어깨에 산들바람 놀고

내 발밑에 온갖 꽃 피면
외로움으로 아파하면서
흐르고 싶었던 짙은 향기

순박한 사랑 그 버거운 무게
멍울진 이별을 만들지라도
멀리서 굽이치며 흐르는 강
산들바람으로 건너서라도
환한 웃음을 짓는 바람꽃

산 아그배

새해의 첫날과 한해의 마지막
마무리 날이 의미를 부여하듯이
2002년 6월 20일 홍수 속에
산 아그배 가지 하나

자리를 잡고 뿌리를 내려
연보랏빛 가장자리
분홍색 홍조를 띠다 화사하게
흰 꽃만을 볼 줄 알았는데

가지마다 가득한 붉은 앵두같이
덤으로 보는 풍성한 결실
씨가 큰 山茶果 빛과 향기
술로 빚고 차로 만들어

취해 보고픈 생명의 신비
맑고 차분한 이 가을에
향기 있는 꽃이 되어
나의 만남도 아름답고 싶으오

산뜻하고 깨끗한 아그배꽃처럼
가장 부드러운 것이 가장 강한 것이니
태양처럼 따스한 임의 미소
무거운 짐을 벗게 해줄 것이오

꽃처럼 나무처럼 살며 사랑하며

3부

숲 속에 잔잔해진 영혼의 노래

수세미꽃

보릿고개 메마른 여름날
파래처럼 바다밑을 헤엄치던
숨찬 호흡을 잠재워 주며
수줍은 시골 색시같이
파란 옷으로 갈아입고

화단을 덮고 담장을 넘어
오랜 성벽처럼 만들더니
버거운 몸무게 가벼워지자
햇빛에 달군 단단한 씨를 남긴
눈물이 많은 사랑의 꽃

시원한 그늘을 늘어뜨린 덩굴손
억센 손길에 오이보다 큰 열매
초록빛은 익을수록 보릿짚 빛깔
행주를 만들다 향수를 제조하는
팔방미인의 꽃과 같은 그대

밀밭에 이는 보드라운 숨결로
눈에 고이는 쓸쓸한 눈물

수세미처럼 헝클어진 생각
돌아보면 슬픔이 밀려오는
추억은 눈물이 되어도 그립다

메밀꽃

달빛 미소 머문 메밀꽃 향기
바람 끝에 매여있는 장모님
손끝에서 하얗게 밀려오며
꽃이 우리의 꿈이었던 시절

오이꽃 수세미꽃 주렁주렁
코스모스 하늘거리는 花開 마을
하늬바람 일렁이는 눈부신 햇빛
가슴 아리도록 사무친 사랑

산골짜기 야생화로 살다가
메마른 땅 추운 땅 산간 넓은 곳
혹독한 가뭄에도 살아 남아
메밀묵 메밀국수로 식량이 된 메밀

숭숭 내려앉은 월광곡의 향연
장모님 모시적삼처럼 하얀데
올려다보는 달빛은 이제 남이 되어
예식장으로 항시 성황이지만

비탈밭에 눈물같이 피어나던
지난 날의 꿈은 아직 끝이 아니려니
싸락눈 내린 듯 메밀꽃밭에서
하늘을 부끄럼없이 바라보고 싶다

부레옥잠화

선녀가 두고 간 옥비녀같이
꽃대 끝에 송이송이 연이어
아침에 피었다가 해가 지면
달빛 속으로 숨는 그대

초여름부터 늦여름까지
터트리는 정염의 봉오리에
꿀을 얻는 벌의 쾌락이
꿀을 바치는 꽃의 기쁨이려니

꽃과 벌처럼 그녀와 함께
속 보여주는 빙허를 찾았으나
햇빛만 쫓는 나에겐
계절의 인연이 아닌 義林池

천 년을 거슬러 올라 삼한시대
소나무 한 그루마다 꽃이 되어
옳은 것과 조화란 어떤 모습인지
교과서보다 잘 알려주는데

흙 속에서도 썩지 않는 욕망
마음 속의 사악한 느낌들
오염된 물을 정화시키는
부레옥잠화가 피고 있었다

분꽃

초여름에서 가을까지
분홍색 보라색 붉은 색 노란색
작은 나팔꽃 모양으로
저녁 지을 시간 시계처럼
어김없이 꽃을 피워

여인네들의 생활에 도움을 주었던
장독대 앞에 분꽃을 보면
대추와 감이 붉게 익어가고
반가운 손님이 찾아온다는
까치소리가 들리는 듯하다

일년 내내 땀흘리며 보살핀
곡식을 거두어들이는 농부
빨간 고추가 널려있는 마당가
검정 고무신을 신은 할머니는
창호지로 문을 바르며

고모님의 얼굴 단장에
연지화가 활짝 필 무렵

화려한 귀걸이를 한 분꽃처럼
사랑을 받고 싶으면
우리는 더 가난해져야 한다

배꽃

하얗고 화려한 꽃의 자태에
빠져버렸던 옛 임이 그리운데
봄바람은 뒤숭숭한 내 마음을
뒤흔들어 놓을 때

온화한 애정으로 감싸주던 과수원
주변 향나무의 기생충 때문에
제대로 자라지도 못한 열매
사람 사는 세계와 다를 바 없네

가을의 입맛을 돋구는 과일로
하얀 속살이 먹음직스럽고
베어 물면 줄줄 흐르는 과즙
시원하고 달콤한 맛 전해주며

고운 님의 가슴을 베개하여
설렘 속에 부드러운 숨소리
짧은 한 때의 아름다운 인연
어쩌면 그대를 못 볼지라도

유유히 흐르는 한강변에서
외로이 서서 생각에 잠기고 있을 때
사랑도 명예도 배꽃처럼 피고 지던
허무 속으로 잠겨져가네

복사귀나무

하얀 눈에 덮인 산에 서서
왜 고운 옷을 벗어 던지고
뼈만 보이는 나무로 변했는지
내 마음을 알 수 없었네

푸른 하늘 희망에 부풀어
지난 여름 푸른 가지 위에
파릇파릇 바람을 일으키며
한 더위를 식혀주던 잎사귀

주위에 어둠이 밀려오자
한철 내내 뜨겁게 달군 가슴
붉던 얼굴 노랗게 핏기 없이
부서지는 순간은 이리 허무한가

손과 발의 감각은 끝내
뚝뚝 부러지며 거칠다 못해
쉬어버린 목소리로
아픔이 메아리쳐 올 때

나는 하나의 기둥이 되어
장막을 치고 홀로 밤을 세우려니
이 불면의 고통이 지나 불씨 하나
나만의 봄을 기다리고 있다

산딸기

아직은 이른 봄날 산기슭
양지바른 곳에 톱니가 있는 잎은
난형 타원형으로 자라
큰 가시가 있는 산딸기나무

흰 꽃이 피며 검붉은 산딸기
쉴 틈 없는 간을 보호하고
세파에 지친 기운을 도와
몸을 가뿐하게 하는 복분자술

산중에서 공해를 모르며
스스로 자생한 열매로 빚은 빛깔
함초롬이 핀 해당화처럼
맑고 빨갛게 물들어

강장제로 각광을 받으며
머리털이 희지 않게 원기 돋우는
달고 신 새콤달콤한 맛
성질은 따뜻하고 독이 없으니

흐린 눈을 밝게 하는 복분자
술 한 병에 풍천장어 한 사라
작설차 한 잔을 마시면 누구나
권력도 명예도 티끌이 된다

수련 睡蓮

뿌리는 물 아래 흙 속에 있지만
깊이에 따라 조절하는 키
유혹의 손길을 뿌리치고
순수함으로 가득 찬 수련

순진한 마음씨를 바르게 간직
오염된 물에서도 깨끗한 옷빛깔
물 속의 잡초더미 사이로
이끼 낀 물 위에 한 폭의 그림

꽃이 떨어지면 열매가 되고
무르익으면 꽃줄기가 구부러져
물 속 깊이 남긴 씨앗이 트더니
여름철 연못에서 빼어난 자태

물의 여신 백조의 날개처럼
햇볕이 없는 밤에는 깊은 잠
아침 일찍 눈을 뜬 백설 같은
자오련이란 또 하나의 이름

태양빛 열기 아래 굴하지 아니하고
슬플 때나 기쁠 때나 한결같이
홀로 고고하게 살아가던 곱고 작은
아름다운 마음씨를 가진 그대

풍란 風蘭

세속을 초월하여 높은 바위
나무의 깨끗한 곳에서 고고하게
강하고 끈질긴 생명력을 가지고 생활하는
풍란처럼 그윽한 향기

허유진 강사의 강의는 막힌 공간에
한 분 한 분 정성껏 기울이는 관심
흙 한 점 없는 돌 위에서 피는
소엽 풍란 같이 향기로웠다

학처럼 피어난 소엽 풍란 같은
감미롭게 밀려드는 언어의 향연
건강 강습에 알려준 건강 비결
지친 몸과 마음의 생기를 찾아

장을 튼튼히 머리를 맑게 하며
척추를 강하게 하는 박수 소리
피로를 싱그럽고 후련하게 씻어준
난을 기르는 즐거움 같은 시간

내면의 평화를 찾아야 만이
진정한 자신의 주인이 될 수 있다는
청아한 풍란의 향기 같은
가슴 벅차 오르는 감동을 안고 싶다.

팬지

팬지! 그대를 만날 때마다
로댕의 조각이 떠오르며
팡새라는 또 하나의 이름으로
턱을 괴고 생각을 불러 준다

흐르는 계곡의 물은 얼어있는
봄 풀숲 사이에 살그머니
언제나 첫 번째로 피어나는 팬지처럼
반갑게 찾아주는 나의 친구여

열심히 꽃을 피우며 살아가는
우리가 배워야 할 삶의 자세
진한 보라색 금색 장식을 달아
그 길이 험하고 가파를지라도

부르면 따르라는 사랑에 대하여
서로의 잔을 채우되 한 편의 잔만을
주장하지 말라는 결혼에 대하여
생명의 피와 살이라는 삶에 대하여 알고 싶다

승전국이나 패전국을 불문하고
우리는 왜 싸워야 하는지
죄 없는 서민이 죽어야 하는 이라크
그 전쟁에 대하여 그대에게 묻고 싶다

# 초롱꽃

더운 여름밤 산길을 따라
산나물 약초를 내다팔 적
고개를 숙인 겸손으로
초롱빛 희망을 주었던 산야

생명의 불이 타고 있던
숨쉬는 근육만이 나의 믿음
처음 보던 날처럼 청사초롱 불 밝히고
우리 언제 다시 만나볼까

자나온 시간을 돌이켜 보노라면
세월의 매듭에 핀 검은 버섯
꺼칠한 손등 감각도 무디어진
내 사랑은 형틀에 묶인 죄였네

어두운 땅바닥 등불을 켜고
모처럼 찾아온 우리들의 만남
발자국 소리도 내지 못한 시기
누가 오래도록 진실을 말할 수 있으랴

배움의 삶 그 끝에 이르렀을 때
느낌의 삶 그 시작에 돛을 올리며
혼탁한 세상 마지막 종치기로
입안에 초롱초롱 울리고 싶다

은방울꽃

줄기 마디마디 자리를 잡아
사랑을 온통 독차지해버린
향수화라고도 불리우는
뿜어져 나오는 그대의 향기

숲 속에 잔잔해진 영혼의 노래
침묵! 최초의 음이 울려 퍼지자
장중한 속삭임과 호흡이
아픈 가락으로 비약의 준비를 한다

도시에 있으면 불행한 청각도
숲 속의 환희와 황홀함 속에
괴롭히지 않는 순정의 은방울
아아! 베토벤의 제7교향곡

내 두 귀가 들리기만 한다면
모든 것을 떠나 높은 산에
풀잎이 외치는 소리에 맞춰
음악을 연주하며 천상을 바라본다

산국

뿌리줄기가 짧고 곧게 자란
노란색 산국화 한 송이를
집시처럼 귀에 걸고 그녀는
꽃의 냄새를 맡고 있었다

솔로몬의 영광으로 입었던 옷
이 꽃 하나만 같지 못하니
무엇을 입을까 먹을까 마실까
걱정하지 말라는 임의 말씀

쓸쓸함과 두려움에 하늘을 보고
나는 몸을 낮추며 높아진
산에는 온통 산국화 향기
충만한 가을의 산에 매료되며

오직 노란색으로만 피며
은빛 억새와 어우러진 향연
설악산 자락에 친근한 꽃처럼
한껏 풍요로운 우리들의 만남

설악산 자락 친근한 품안처럼
산국 한 송이 꺾어 가을 향기
그리운 얼굴에 서서히 비벼보면
청량함이 온몸으로 퍼진다

배향초

설악산 초입 길섶 풀밭
눈길 벗어난 한해살이지만
곧게 자라 강한 향기
이삭꽃 차례를 이루어 핀
꼭 다문 홍자색 입술

고통 속에서 부활시킨
모든 땅은 나의 조국
모든 가족은 나의 종족이려니
평화의 이름으로 일으킨
인간을 살해하는 전쟁

약하고 스스로 분열되어 있음을
진실로 알고 있기 때문에
자비스런 당신의 뜻이라면
천둥의 목소리와 번개의 칼날
언제나 구름 낀 하늘

나뭇가지를 껴안는 빗물처럼
숱한 슬픔의 씨를 뿌린

붉은 자주색 배향꽃같이
상처받은 입술에 입 맞추고
슬픈 소식을 전하고 싶다

물망초

연보라색 꽃 한 송이
장마비 내리는 중에도
누가 절벽을 내려가서
나에게 꺾어줄 수 있을까

언뜻 보이는 미소 띤 햇살처럼
지워질 수 없는 향기
솔바람은 들에 불어 벼이삭이
물결치는 저 하늘 아래

별빛이 샘물 위에 입맞출 때
추위가 심해지기 전에
어린 싹을 이식하여
성실과 애정을 바친 파종의 시기

정녕 나타나지 않으려나
흙 덮기 월동준비로 소박한 그대
가뭄 비 기다리듯 고대하는
햇볕이 잘 드는 양지 바른 곳

서로 꽃 피기를 바라며
미움과 사랑의 공통분모는
절망이 아닌 희망의 꽃
나를 진정 잊지 마소서

산머루

그 여인을 처음 보던 날
청순하고 상냥한 모습에
나는 상상의 날개를 달고
산머루꽃이 그리웠다

작은 인연을 소중히 여기며
가난한 이들을 어루만지는
산풀 향기 그윽한 그대는
포도잎처럼 부드럽지만

뜻이 분명한 그녀를 만났을 때
자연의 넉넉한 풀숲
담담히 살아가던 산머루
상큼한 맛 맑은 꽃 한 송이

풀빛이 물든 덩굴손
나를 감아 주며 해맑은 살결
빛나는 눈빛에 두근거리던 가장자리
노란 색을 띤 원추형 꽃 한 송이

풀냄새 폴폴 풍기는 감성으로
후회 없는 선택의 길을 걷고 있는
임이 담아 보내준다면
머루주 한 병 단숨에 마시고 싶다

으름꽃

어렵던 시절 산 속에 들어가
차가운 물이 흐르는 계곡 주변
바나나보다 살살 녹는 맛
혀끝에 스며드는 씨앗의 냉기

갈색 덩굴 새 가지에서
타원형 잎 원뿔모양의 꽃차례
암수가 다정하게 달린
짙은 보라빛 으름꽃

나뭇단을 묶는데 쓰거나
삶으면 갈색물이 우러나는 덩굴로
무명 베 명주를 물들이면
고운 황색천이 되는 천연염료

으름을 찾던 시원한 계곡
방직 공장이 생긴 후
아이스크림에 맛들여진 삶이란
얼마나 허무하도록 슬픈가요

세월이 아무리 흘러도 결코
잊을 수 없는 우리들의 농 짙은
사랑을 맺어주던 으름꽃
긴장된 입술에 숨이 차다

매생이

갯벌이 넓게 펼쳐진
잔잔한 호수 같은 청정해역
누에 실보다 가늘고
소녀의 뒷머리처럼
곱고 매끄러운 녹색 해조류

고향마을 소식은 끊기며
무너진 흙담을 풀이 에워싸
친구를 만나볼 기약은 아득한데
쓰린 속을 풀고 있는 예정식당
생각도 못한 무공해 식품

위궤양과 혈압을 다스리는
부드럽고 감칠맛 나는 매생이
국을 찾는 허 과장님의 미소
파래 색깔보다 진한 바다
그 물소리가 거기에 있어

깊고 부드러운 행복의 웃음
푸른 풀밭에서 풀을 뜯고 있는

맴생이가 자꾸 생각나서
새파랗게 윤기가 도는 기쁨으로
나도 웃을 수밖에 없었다

빛은 꺼져들 듯하며
인생은 시시한 것이라지만
사라지지 않는 꿈은
추운 눈발 속에서 솟아나
바닷빛 하늘을 맞게 될 것이다

4부

마음과 눈이 가는 잎도 꽃도

차나무

가만히 들여다보는 눈가로
잎냄새가 한아름 담겨오며
팔을 들어 기도하는 차나무
녹색의 잎이 피고 지는
뼛속까지 듣고 싶은 목소리

지친 그림자 속으로 떠나가던
그 푸른 황홀한 몸짓이
기세 꺾인 어느 저녁녘
하나의 차잎이 흔들릴 때
나도 움직이는 것을 느꼈네

하얀 찻잔 모양 꽃잎 속에
작설차같이 노란 꽃술
청정한 정기를 내뿜는
임의 노래에 익어버렸으니
세상을 이기는 생기를 얻었네

우울한 시절 자연의 시들함이
드문 햇살과 찬바람을 몰아오는

기쁨이란 가면을 벗는 나의 슬픔
그 내부로 깊이 파고들수록
우리의 만남도 튼튼한 뿌리를 내린다

산수유꽃

산수유 노란 꽃잎 휘날리던
오솔길 그 길은 찾을 수 없어도
내 가슴을 소용돌이 치던
별빛 드리운 눈동자

주름진 얼굴에 서리꽃이 피어
이슬을 머금은 그 날 이후
기품 있는 자태 볼 수 없어도
다정히 속삭이던 그대 목소리

다시는 사랑하지 않으리라
술을 빚어 다짐을 해 보았지만
떠나간 그 아픔을 멈출 수가 없어
후회만이 내 곁에 남아

벗어나려 애를 태워도
그대 그림자 발길 따라
만지려면 잡히지 않는 손길
내 일생 나의 진실한 사랑

눈길 사로잡은 빨간 산수유
그대 향기와 색깔만으로도
두풍 신경쇠약을 치료해주던
가슴에 젖어든 화사한 여인이여

파꽃

당신이 보내준 눈짓 하나에
울고 웃던 지난 날을 돌아보면
손끝에서 헤어진 그 언약
가슴에 남은 달빛 그리움뿐

둘러보면 허무의 노랫가락
메울 수 없는 흔적마다
떠나간 그대를 못 잊어
몰아쉬는 나의 한숨소리

뜰 모퉁이에 가련하게 갇혀
진정 사랑은 눈물이라지만
머리칼 파뿌리가 되도록
알몸을 가리며 기다림의 꽃

시장 좌판대에서 껍질을 벗고
가슴으로 느끼고 있는 것을
나는 말로써 알고자 하였으니
이렇게 눈물 흘리고 있어요

등대풀

도시 근교 세상은 단풍놀이에
발 디딜 틈이 없는 등산로
늦가을 산과 들녘 풀밭에서
유독 그대만은 새순이 솟아나

등잔불처럼 녹황색으로 피어
캄캄한 세상을 밝혀주는
등대나 등잔같이 다정스럽게
훤칠한 키에 밝고 맑은 모습

등잔이 넘어지면 소설책 위에
쏟아지던 석유기름처럼
줄기를 따라 흘러내리는 하얀 액
조마조마 다루던 그 날 이후

소낙비인 듯 퍼붓던 매미
나를 위해 노래를 불러주었듯이
뼈 아프게 살고있는 사람들을 위해
뜻을 세우겠다고 소리쳤었지만

나의 조그마한 허명뿐이었으니
문틈 사이로 불던 세찬 바람
등잔불이 꺼진 휴식이 온다면
또 다른 등대꽃이 꽃을 낳으리라

구상나무

꽃이 피는 것을 보기는 어렵지만
꽃잎도 없는 노란색꽃
한라산 정상 부근에서
무엇을 구상하고 있는가

땅에 떨어진 자주색 솔방울
몇 개월 동안 눈 밑에서
싹을 틔어 진초록 잎새
회색빛 줄기 늘 푸른 나무

산 능선을 뒤로 의연히
강인하고 굳은 바위처럼
오래된 구상나뭇가지
세월의 풍파를 견디고 있다

피어난 눈꽃 드넓은 설원
바람이 할퀴고 부러뜨려도
곧기만 한 살아 생전
생각의 번뇌가 정지된 곳

산노루가 찾아드는
고운 살결을 한 고사목(枯死木)
보탤 것도 덜어낼 것도 없는
무욕의 삶을 살아간다

명아주

농촌 시골마을 텃밭이나
길가 풀섶에 황록색꽃을 피우며
물결모양의 톱니가 있는
그물이 새겨진 어린 잎

나물로 무쳐 먹고 굵은 줄기는
껍질을 벗기고 말려 만든
청려장 짚은 산인 한 명 섞이면
한결 고상한 멋이 더해지고

어촌 조용한 산골 길 위에
번잡한 도시에서 내려온 승용차
오히려 속된 기운 솟아나
짙은 것은 담백한 것만 못하고

바둑은 신선놀음이라지만
승패를 다투는 욕심이 있나니
재능이 많은 것보다 무능함 속의
천진함을 따르는 임의 소원

세속의 욕망을 벗어나는 길은
곧 세상을 건너는 길속에
순수를 간직함에 있으므로
세상에서 숨어 버릴 일은 아니다

잣나무

꽃은 적자색으로 오월에 개화
열매는 식용과 약용으로 쓰이는 잣
기품 있게 높이 잘 자라
기상이 돋보이는 잣나무숲

결코 허리를 굽히지 않은 채
곧게 올라가고 가지런한 곁가지
깊이를 더해주는 흑갈색 껍질
짙푸르고 힘이 넘치는 잎

다섯 개씩 한 묶음인 오엽송
옅은 홍색을 띠는 홍송
열매인 잣을 중히 여겨 과송
기름이 많아 유송나무를 바라보며

눈보라가 지상을 덮을 때
허기를 이기는데 힘을 준 잣죽
수정과 식혜에 동동 띄운
장복하면 몸이 산뜻해지는 잣

잣나무로 만들었다는
노아의 방주처럼 오래 전부터
선조들이 먹고 마실 때마다
함께 살아온 한국의 소나무

시클라멘

풀잎의 이슬은 촉촉이 은밀하게
사랑의 눈물을 한 방울씩 만들며
노래하는 풀벌레 소리
온 생애를 가슴 깊이 섞을 때까지

상처받은 사랑의 아픔 때문에
인간 세상에 벗어 던진
선녀의 옷으로 태어나
봄이 곧 올 것이라며 전해오는 소식

마음의 귀로 깊이 들으며
빛 한줄기 풀잎 하나 소홀치 않도록
사라질 수 없는 유년의 꿈을
순수한 사랑으로 기르고 있을 적

언제나 곁에 있는 사람이
가장 마음의 상처를 주는
시끌벅적한 인간을 벗어난
향기는 아무리 맡아도 구토증 없이

어린애처럼 꽃 몽우리는
품안에서 땅을 굽어보지만
그대의 꿈은 눈부신 빛으로 싸여
하늘로 나비처럼 날아가네

염주念珠 나무

황금빛 물결을 보듯 화려하고
환하게 웃는 천진스런
어린 아이의 웃음처럼 나도
싱그럽게 보일 수 있을까

생각하는 구슬로서 손에 끼고
염주알을 굴릴 때마다
번뇌가 끊어진다는 자연과의 조화
한 줄에 꿰매어 있듯이

존재의 가치를 찾는 염주처럼
길을 걸을 때나 앉을 때나
항상 생각의 언어를 굴리면서
인연으로 얽혀 있는 나의 詩

꽈리를 보듯 열매 주머니
까맣고 반질거리는 씨앗
시간이 지날수록 단단해진 염주같은
글 한 편 남기고 싶었는데

저명한 작가들의 허명 때문에
돌아온 나의 불쌍한 시
가슴으로 느끼며 마음으로
누가 함께 울어줄 수 있을까

우담바라꽃

꽃 한 그루 집어든 석가모니
설법을 기다리고 있었지만
유일하게 수제자 가섭만이
뜻을 알아차리고 미소지었다는
이심전심의 꽃인 우담바라

계룡산 자락 광수사의
금동 불상 팔꿈치에
신성한 하얀 미니 꽃이 자라
3000년만에 나타난다는
상상의 꽃이고 전설의 꽃

장미를 닮았는지 백합의 모양인지
확인해 줄 수도 없기 때문에
범인으로 알아보기 힘들고
참회와 정진의 자세로 신실한
내 마음이 곧 부처이니

아주 작은 생명의 흔적이
부처님의 몸을 빌어 모습을 드러낸

윤회에서 보면 우주 천지
사바세계 어느 때 어느 곳
부처 아닌 것이 있을까

회화나무

사방으로 촘촘히 뻗은 가지
고고하고 섬세한 자태
향기와 꿀이 많은 황백색꽃
고혈압 지혈제로 쓰는

회화나무 아래서 독서삼매경으로
무더위를 이겨냈던 마을 주변
가시 없이 한결 기품 있는
단단하고 결 좋은 무늬

건축재로 쓰였던 큰키나무
척박한 곳에서도 잘 견디며
공해와 병충해에도 강해
가로수 풍치수로 적합한 나무

큰 인물이 태어난다고
즐겨 심었던 학자수(學者樹)처럼
해박한 지식이 있는 그 분은
인품도 고고하여 언제나

만난 사람 면면이 오늘
모두 기분이 좋아!
시침이 분침처럼 깊어가는 밤
하늘엔 별꽃이 핀다

영춘화 迎春花

다른 식물들이 아직 잠든
갈색의 대지 위에 차마
저토록 여린 것이 어찌
저절로 저리 대견할까

마음과 눈이 가는 잎도 꽃도
벌써 여름이면 사라지나니
자생지를 알아두지 않으면
찾기 어려운 보고 싶은 그대

자주색 꽃잎이 벌어지면서
눈부시게 광택이 있는 빛깔
생명을 유지하는 해마다
같은 자리에서 볼 수 없을까

믿음직스런 봄의 문을 열며
정기적으로 서로간 기쁨의 소식
나의 귀는 풀 한 포기가 부르는
생명의 노래를 듣고 싶으오

사랑이란 이름만으로
행복을 아는 사람은 고통의 현실도
즐겁기 때문에 어려움이 있어도
그것을 극복할 힘이 용솟음치고

시린 발 동동걸음을 치지만
아직은 두꺼운 백지가 마련된
희망의 발돋움 속에서 보람찬
한 페이지를 메워가고 싶으오

바위취

숲 속 물기 있는 바위틈에
잘 자란다고 해서 바위취
부드러운 털이 촘촘히 난
잎이 호랑이 귀를 닮아 虎耳草

뿌리에서 옆으로 뻗는 줄기
한겨울에도 보송보송한
동그랗고 귀여운 잎
아기의 뺨처럼 상기되어

그 아픔을 견디는 대견한 모습
이 바위취를 보고 있노라면
나도 이끼 낀 바위를 벗삼아
가슴에 파고드는 듯한 울림

비바람에 부서지지 않는
황홀하리만큼 여운을 곱게 끄는
바이올린처럼 울리고 켜면
絃! 내가 울적했다 하더라도

불행한 사람을 품에 안으며
기쁨 속에 몰아넣게 하는
음율이 가져다 주는 희열
함께 할 벗이 될 수 없을까

나의 다가올 불안한 미지의 세계
靈性을 찾고 싶은 추운 겨울밤
鉉! 임은 유일한 희망이오니 제발
내 손을 뿌리치지 마시옵소서

번행초

생채를 샐러드해서 먹거나
데쳐서 나물로 쓰는 식용식물
위를 부드럽게 보호하는 흰 액체
시금치를 닮은 도톰한 잎

생선의 내장을 꺼내고 채워 넣으면
필수 냉장고라며 권하는 나의 말에
그녀는 시장에 가면 널린 것이
만들어서 파는 음식이란다

비닐끈처럼 질기고 나에게
토사광란을 일으킨 것은
수입 우렁이가 아니라
지나친 방부제 때문이었으니

해변가를 거닐면서
동의보감을 만들었던 허준처럼
한 가지 일을 생각하며
몽롱한 의식에 말려들곤 했다

효용과 부작용을 알기 위해
목숨걸고 독초도 먹어 보았던 일
의약분쟁 같은 돈은 아니었으니
물질의 욕망에서 벗어나

심신이 괴롭고 병든 이에게
자신을 바치는 번행초처럼
함께 사는 이웃을 사랑하는 손
모든 생명은 이것으로 시작된다

아침이슬꽃

수박의 잎처럼 깊게 갈라져
이름 붙여진 수박풀은
흰색에 가까운 꽃도 예쁘지만
향기 나는 방울 같은 열매

조로초(朝露草)라는 이름처럼
여름날 아침 촉촉이 젖어
또르르 이슬방울 굴리며
살며시 피어난 하얀 꽃잎 사이

정열의 붉은 색 감추고
벌어진 듯 다문 듯 미소짓는
해맑은 눈동자 윤기 나는 입술
살짝 입맞춤을 해보고 싶었지만

그 미소 헤프지 않으니 온종일
아무에게나 값싼 웃음 팔지 않고
풀잎마다 내려앉은 이슬이
하나 둘 기화될 시점이면

미련 없이 문을 닫아 버리며
기품과 절조를 지닌 아침이슬꽃처럼
욕망을 안으로 접을 줄 알아야
이슬처럼 깨끗한 인생이다

풍접초

키가 크고 꽃이 특이하여
잔잔한 바람에도 살랑거리며
여름 하늘과 잘 어울리는
방망이 모양의 꽃대

두툼하게 서는 맨 위에
옹기종기 모여 분홍 흰색의 꽃
다섯 개의 가느다란 꽃잎
길게 삐쳐 나온 꽃술

기품 있는 자태로
마치 꿀을 빨고 있는
나비를 보는 것 같아 풍접초(風蝶草)
하늘하늘 흔들리는 모습

나비는 꽃을 피어주고
꽃은 나비에게 꿀을 주니
서로간 필요한 존재
나도 나비처럼 꿀을 찾아

차곡차곡 쌓아 주는 부지런한
꿀벌보다는 꽃과 더불어
한 여인을 위해 춤추는
한 마리의 나비가 되고 싶다

꽃으로
피우는
인정의 미학

강길용

-시인, 소설가, 꿈작사 문학 싸이트 대표-

꽃으로 피우는 인정의 미학

강길용

-시인, 소설가, 꿈작사 문학 싸이트 대표-

요즘 아침에 일어나서부터 잠들 때까지 쉬지 않고 듣는 음악이 있다. 가수 양희은 씨가 부르는 〈아침 이슬〉이라는 곡이다. 왜 이 곡을 이토록 미치도록 듣고 또 듣게 되었는지 정확히 알 수는 없다. 이 곡을 들어서 노래를 잘 부르려는 욕심도 없고, 그저 습관처럼 듣는다. 일주일이 넘도록 들었지만, 가사는 물론이고 곡의 음정과 박자도 익히지 못하였을 뿐만 아니라 한 소절도 따라 부르지를 못한다.

이러한 이야기를 들으면 어떤 사람은 바보라고 할지도 모른다. 매일 틈만 나면 들었으니 지금까지 천 번은 더 들었을 듯싶다. 그렇게 듣고도 곡을 외우지 못한다면 웃지 않는 것이 더 우스울 일이다. 남들이 무어라고 하더라도 듣는 것에 만족한다. 나의 즐거움을 위하여, 내 삶이 그 노래 하나로 몰입할 수 있다는 것만으로도 행복한 것이 아닐까.

〈아침 이슬〉은 여러 가수들이 부르는 곡이 있지만,

유독 양희은씨의 〈아침 이슬〉에 이토록 매달리는 것은 가수의 목소리와 몰입된 표정, '서러움'과 '서로움'의 중간 음으로 눈을 지그시 감고 올리는 옥타브의 매력과 함께 가사의 아름다움과 서정성, 깊은 사상성이 있어서일 것이다. 양희은 씨가 아침 이슬만큼 맑음을 삶 속에 심고 있는지는 모르지만, 그 속에 있을 때 살아 있는 모습이 한없이 행복해 보임은 느낄 수 있다.

이런 점은 시에서도 마찬가지가 아닐까 한다. 시라는 문학은 때로 아주 단순한 계기에 제목 하나로도 사람을 매료시키는 경우가 있는데, 양희은 씨의 〈아침 이슬〉과 같은 느낌은 어쩌면 당연한 것이리라. 가수의 노래에는 서러움과 체념, 체념 속의 강한 열망이 담겨져 있어서 많은 사람들을 사로잡는다. 시 역시 열정과 순간적인 모티브에 의하여 독자들의 입에 오르내리는 경우를 숱하게 접한다.

시가 가지는 음악성과 사상성은 역동성과 역사의식에 의하여 평가되기도 하고 예술성에 의하여 평가되기도 하고, 사용된 소재와 낱말들의 구조적 이미지 속에서 평가되고 이해되기도 한다. 시인들은 이러한 역동성을 찾아내기 위하여 수없이 많은 사색과 고뇌를 할 수밖에 없다. 많은 산문의 장르는 시간을 가지고 충분한 설명으로 독자를 만날 수 있으나, 유독 시는 그렇게 긴 호흡으로 설명과 설득의 메시지를 가지지 못한다.

짧은 형식으로 담아야 할 삶의 뿌리와 사상성은 단순하지 않을 뿐 아니라 깊이를 지녀야 하며, 구조적으로 탄탄한 언어의 기능까지 갖추고 있어야 좋은 시로 평가를 받을 수 있다. 그러므로 독자는 시를 이해하는데 더 많은 시간이 필요하다. 시간이 돈이라고 생각하는 현대인들에게 있어서 시가 수필이나 다른 짧은 형식의 산문만큼 독자를 사로잡지 못하는 것 역시 이러한 이유에서일 것이다.

물론 시인의 시적 역량이나 삶의 자세, 그 이면에 뿌리내린 사상적 이미지의 정교하지 못함, 자기 발견을 위한 노력의 게으름 등등의 여러 이유가 있으나, 본질적으로 짧은 형식으로 많은 이야기를 한 폭의 그림처럼 담아야 하는 시가 창작하기에 어려운 이유이기도 하고, 현대인들이 쉽게 접근하지 못하는 원인이 되기도 한다.

이 번에 필자가 이야기하고자 하는 유희봉 시인의 '꽃'을 소재로 한 시들에서도 이러한 점이 곳곳에서 발견된다. 시는 짜릿한 감동을 주는 문학이라는 일반적인 인식을 깨버린 시들을 쓰고 있고, 그런 탓에 혹자는 '시가 뭐 이래'라고 의문을 제기하는 경우도 없지 않아 있을 것으로 생각한다.

유희봉 시인의 시를 자세히 읽어보면 독특한 자신의 미학을 가지고 있다는 것은 부정할 수 없을 것이다. 시인의 시에는 어떤 언어로 썼더라도 대부분의 시는 '인정'이라는 것으로 일관되게 귀결되고 있음을 볼 수 있다. 그 소재가 되는 꽃들은 하나 하나가 '인정'이라는 것과 일치되는 것을 발견하게 된다는 점이다.

'인정의 미학'이라는 점, 다시 말하여 '인정'은 그리움과 같은 애틋함이 있는 것도 아니고, '첫 눈에 반한다'는 사랑과 같은 짜릿함도 없다. 인정이라는 것은 쉽게 이루어지는 것은 더더욱 아니다. 많은 부분들이 일정한 시간이 흐르면, '사랑으로 사나요. 정으로 사는 거지'라는 말을 하는 것에서도 알 수 있듯이 사랑이 쌓이고 나눔이 쌓인 끝에 오는 것이 바로 '정'이라는 것이다.

이와 같은 정을 주제로 시를 쓴다는 것은 그만큼 짜릿함과 애틋함이 덜할 수밖에 없다는 가정 하에 출발하지 않을 수 없을 것이다. 그래서 자칫하면 시인의 시속에 담긴 조용히 흐르는 '정'의 이미지는 지루함을 느끼게도 한다. 영화와 드라마 역시 '인정'을 주제로 하는 경우를 보는데, 그 드라마는 젊은 사람이나, 순간적인 느낌을 중시하는 사람들에게는 아무런 느낌도 전달하지 못하는 것을 보게 되는데, 시인의 시에서도 이와 같은 느낌을 발견한다.

그것은 삶의 기나긴 질곡을 걸으며 내면에 가라앉은 앙금과 같은 한을 풀어내고 난 다음에 남은 끈끈함이 있을 때 공감하고 받아들일 수 있기에 더욱 그렇다. 인정이라는 것 자체가 메탈 음악의 강렬함과는 거리가 있듯이 시 역시 사랑의 미학과 그리움의 미학과 달리 '인정의 미학'은 잔잔한 호수와 같은 것이다.

유희봉 시인의 시에서 일반 독자들이 자칫 간과하기 쉬운 부분은 바로 이 '인정'이라는 것이 지니는 미학적 속성이다. 오랜 세월 쌓은 퇴적층 같은 미학 속에서 어쩌면 우리는 늘 갈구하는 '열정'이나 애틋한 '그리움', '짜릿한 사랑'에 익숙해져서 '인정'의 미학을 놓칠 수 있지 않을까 싶다. 시인이 그 더디고 무뎌질 수 있는 '인정' 그것을 어떻게 시로 형상화하고 있는지를 살펴보는 것도 나름의 의미가 있을 것 같다.

시인의 시 가운데 「배꽃」이라는 시는 인정이 어떤 것인지를 짧은 시어로 잘 표현하고 있는 것 같아 몇 개의 연만 뽑아 소개를 하고자 한다.

하얗고 화려한 꽃의 자태에 / 빠져버렸던 옛 임이 그리운데 / 봄바람은 뒤숭숭한 내 마음을 / 뒤흔들어 놓을 때

이 연은 배꽃이라는 시의 첫 번째 연이다. 먼저 '하얗고 화려한 꽃의 자태에 / 빠져버렸던 옛 임'라고 하는 첫 행과 두 번째 행을 잘 살펴보자. 어쩌면 이 부분을 읽으면 그리움이라는 시어를 문득 떠올리게 될지도 모른다. 그러나 화려한 꽃이라는 이미지를 달리 바꾸어 '사랑'이나 '젊은 날의 열정'이라고 보고 읽는다면 '인정'의 시작은 늘 화려한 어느 한 시절로부터 시작함을 절묘하게 보여주고 있다.

그 화려했던 시절의 열병을 떠올리는 시기는 언제쯤일까. 사람에 따라 다르겠지만, 대체로 40대 후반에서 50대가 되지 않을까 싶다. 품었던 아이들도 다 자라서 떠나고 그들에게 나누어주고 남은 것은 가버린 젊은 날의 초상과 주름과 흰머리일 것이다. 이럴 때 자신을 돌

아보게 되는 것은 당연하다. 그 당연한 돌아보기 속에서 발견하는 것은 그리움일 것이다. 현재 진행형이 아니라 과거 회상형인 셈이다. 그것은 결국 그 시절의 절절한 사랑과 아름다움에 대한 동경이 아니고 그것들을 다 버리고 남은 '정'이라는 것에 대한 그리움이다.

이렇게 시작하였던 시는 다음과 같이 끝을 맺고 있다.

유유히 흐르는 한강변에서 / 외로이 서서 생각에 잠기고 있을 때 / 사랑도 명예도 배꽃처럼 피고 지던 / 허무 속으로 잠겨져가네

앞서 이야기한 화려한 시절이 어떻게 '인정' 또는 '정'이라는 은은함과 따스함으로 스며드는지를 알 수 있다.

유유히 흐르는 한강변, 이 시어 속에는 인생무상을 강하게 느끼게 만든다. 그렇게 유유히 흐르는 한강변에서 복잡하고 힘겹게 달려왔던 자신을 돌아보는 일은 '외로이 서서 생각에 잠기고 있을 때'라는 다음 행과 묘한 대조를 이룬다. 이 대조는 가벼움을 더해 차라리 애수와 같은 무게를 느끼게 한다.

'사랑도 명예도 배꽃처럼 피고 지던 / 허무 속으로 잠겨져가네'라고 하는 마무리 속에서 우리는 사람에게 있어서 화려한 배꽃이 필 때의 열정만이 아니라 시의 중간에 나오는 '주변 향나무의 기생충 때문에 / 제대로 자

라지도 못한 열매 / 사람 사는 세계와 다를 바 없네'라
는 표현처럼 삶 또는 우리가 이야기하는 화려한 사랑과
애틋한 그리움만이 아니라 '병충해' 그것도 주변의 '향
나무'라는 것에서 옮겨온 기생충으로 겪는 제 살점을
떼어 주기도 하여야 하는 기나긴 여정 속의 곡절과 함
께였음을 '향나무'와 '기생충'이라고 하는 텍스트를 통
하여 대비시키고 있다.

여기서 향나무는 보편적인 이미지의 향나무이다. 그
향나무는 향기가 있어서 사람의 마음을 들뜨게 하고 때
로는 가라앉게 하면서 묘한 즐거움을 주는 존재이다.
이 향기로운 나무에도 기생충이 살고 있다. 향과 기생
충, 어찌 보면 어울리지 않을 두 이미지를 대조적으로
보여줌으로써 삶의 의미에 대한 암시를 한다.

향나무와 같은 사람을 상상하고 기생하는 벌레와 같
은 사람, 그 벌레와 같은 사람이 어떤 것인지를 이해하
면서 시를 감상한다면 사람의 삶은 향기로운 삶에 대한
동경과 그 속에 있는 함정과 같은 파란의 이미지가 느
껴지지 않을 수 없다.

단 한 편의 시로 시인의 시 전체를 이야기하는 것은
장님 코끼리 만지는 것과 같은 것일지 모른다. 그러나
다른 여러 꽃을 소재로 한 시들에서 어김없이 나타나는
것은 바로 '인정' 내지는 '정'이라는 것이다. 그 정 때
문에 시에는 화려함과 짜릿함은 없다. 대신 한지로 바
른 한옥의 창과 같은 반투명의 은은한 미학이 대신 하
고 있다.

일반 독자들이 다음에 시인의 시를 읽는 기회를 가지
게 된다면 '꽃'이라고 표현한 부분을 '정' 또는 '인정'
이라는 말로 적절히 바꾸어서 읽는다면 시인의 시를 읽
는 맛이 색다를 것이다. 앞으로 '정'이라는 미학으로
꽃을 얼마나 더 피울지는 아마 시인 자신도 알 수 없
고, 독자들 누구도 알 수 없을 것이다. 시인의 가슴에서
'인정'이 메말라 버리지 않는 한 계속될 것을 기대해
본다.

아울러 인정이라는 미학이 가지는 속성 자체가 느리
고 긴 호흡을 가지고 있는 것은 당연하더라도 구성이나
시어의 정교한 조합을 통하여 긴장과 안정이 오가는 리
듬이 살아 있는 호흡을 느끼고 싶은 것 역시 필자의 욕
심일 수 있겠지만, 곁들여 기대해 보고 싶다.

꿈작사 편집인

강 길 용

꽃처럼 나무처럼 살며 사랑하며

2003년 8월 30일 초판 발행
2005년 6월 20일 1판 2쇄 발행
2009년 8월 10일 재판 인쇄
　　　　8월 14일 재판 발행
지은이 : 유 희 봉
펴낸이 : 이 혜 숙
펴낸곳 : 도서출판 신세림
　　　　100-015 서울특별시 중구 충무로5가 19-9 부성B/D 702호
등록일 : 1991. 12. 24
등록번호 : 제2-1298호
전화 : 02-2264-1972
팩스 : 02-2264-1973
E-mail : shinselim@hanmail.net

정가 7,000원

ISBN 89-85331-98-1, 03810